Les Petits Génies contre le robot

L'auteur : Kenneth Oppel est né à Port Alberna, au Canada, il y a une trentaine d'années. Il vit aujourd'hui à Toronto, avec sa femme et ses deux enfants. Diplômé de l'université de Toronto en cinéma et en littérature anglaise, il a publié une vingtaine de livres pour les adultes et les plus jeunes. Bayard a déjà publié sa trilogie *Silverwing*, *Sunwing* et *Firewing*.

L'illustrateur : Serge Prud'homme est né en 1968 à Saint-Étienne. Dans la cour de l'école primaire, comme il est le seul à ne pas posséder la vignette Panini du footballeur Dominique Rocheteau, il décide de reproduire le portrait du joueur en le dessinant. C'est le début d'une longue carrière de dessinateur. Aujourd'hui, il partage son temps entre ses deux enfants, sa femme et le dessin. Depuis 2002, il travaille principalement pour l'édition jeunesse.

À Graham Mill

Titre original : *A Crazy Case of Robots*

Loi n° 49 956 du 16 juillet 1949
sur les publications destinées à la jeunesse.
Dépôt légal : avril 2005 – ISBN : 2 7470 1595 5
Imprimé en Allemagne par Clausen & Bosse

100% AVENTURE !

Les Petits Génies contre le robot

Kenneth Oppel

Traduit de l'anglais (Canada)
par Christine Liabeuf
Illustré par Serge Prud'homme

BAYARD JEUNESSE

1
Danger! Haute tension!

– Kevin et Tina Einstein ! Génies en tous genres !

Chris Barnes sourit en se frayant un chemin à travers la foule venue assister à l'expo science de son école. Il avait tout de suite reconnu la voix de Kevin, avant même d'avoir vu son ami.

Le gymnase était plein à craquer. Il était difficile de s'approcher de certains stands. Chris avait déjà vu cinq présentations sur

les dinosaures, trois sur les volcans, une sur les illusions d'optique et une autre sur les plantes carnivores. Une fille, déguisée en électron, tourbillonnait entre les visiteurs en les télescopant. Quelle agitation !

– Génies en tous genres !

La voix de Kevin s'éleva à nouveau dans le brouhaha :

– Capables de presque tout ! Prix raisonnables !

Chris, contournant un petit groupe, finit par apercevoir le rouquin au visage criblé de taches de rousseur. Debout au milieu de l'allée, il distribuait des cartes de visite.

Chris s'approcha de son ami :

– Salut, Kevin ! Alors, tu cherches des clients ?

– De bonnes relations publiques, répondit Kevin sur un ton grave. Très important, les relations publiques. C'est l'endroit idéal pour ça ; regarde tous ces gens ! Oh, attends une seconde !

Il pivota sur ses talons pour aborder un homme âgé.

– Excusez-moi, monsieur, dit-il en lui tendant une carte. Je m'appelle Kevin Einstein, je suis un génie et…

L'homme passa son chemin sans prendre la carte.

– Tant pis pour lui ! soupira Kevin en haussant les épaules. Tu sais, Barnes, être un génie, ça n'est pas facile tous les jours.

Chris hocha la tête en espérant avoir l'air compréhensif. Il n'oublierait jamais sa première rencontre avec Tina et Kevin Einstein. Ces derniers avaient frappé à sa porte et s'étaient présentés comme des génies. Ils lui avaient alors confié que la maison de Chris était hantée. Depuis ce jour-là, sa vie avait changé.

Il était peut-être difficile d'être un génie, pensa Chris, mais était-il plus facile d'être l'ami des génies ? Il ne se souvenait plus de la dernière erreur de Tina en classe. Elle pouvait mémoriser des pages entières d'une encyclopédie, était capable de diviser des nombres très importants plus vite qu'une calculatrice et savait même faire fonctionner le GPS de la voiture de ses parents ! En plus, Tina et Kevin semblaient toujours occupés à mettre au point de nouvelles inventions, toutes sortes d'engins fantastiques qui crachaient étincelles et vapeur en émettant des bips stridents.

– Attends de voir l'invention qu'on va présenter ! annonça fièrement Kevin à Chris.

– Où se trouve-t-elle ?

– Eh bien... elle n'est pas tout à fait prête, reconnut Kevin en baissant la voix. Tina y travaille encore, elle y apporte quelques petits réglages. J'ai peur qu'elle ne termine pas à temps. Mais viens, je vais te montrer.

Kevin entraîna son ami dans la cohue, jusqu'au stand de Tina.

– Que se passe-t-il ici ? demanda Chris en fronçant les sourcils, abasourdi.

Le stand était complètement barricadé avec de grands panneaux. On y avait inscrit en grosses lettres noires : « NE PAS DÉRANGER ! » « DÉFENSE D'ENTRER SOUS PEINE DE POURSUITES ! » « DANGER ! HAUTE TENSION ! »

– Tina prend tout ça très au sérieux, non ? s'étonna Chris.

Une lueur orange apparut entre les cartons, accompagnée de crépitements aigus.

– On dirait qu'elle est bien équipée, poursuivit-il.

Kevin hocha la tête, admiratif.

– Alors, qu'est-ce que c'est ? insista son ami.

– En fait… euh… pour tout te dire, je n'en sais rien, avoua Kevin en rougissant. Elle a même refusé que je l'aide. Je suis interdit de séjour à l'atelier depuis deux semaines !

– Ça doit être quelque chose de très spécial ! s'exclama Chris.

– Je suppose que tu as raison, répondit Kevin, résigné. Après tout, je ne suis qu'une graine de génie, je ne peux pas espérer qu'elle me laisse participer à toutes les inventions.

Chris remarqua cependant que Kevin avait l'air un peu vexé.

De nombreux curieux s'étaient à présent regroupés. À chaque fois qu'une bouffée de fumée s'élevait ou qu'un son électrique retentissait, des « Oh ! » et des « Ah ! » fusaient, comme s'il s'agissait d'un magnifique feu d'artifice.

Avec d'infinies précautions, Kevin frappa de petits coups sur le carton.

– Tina ? appela-t-il.

– Qui est-ce ? s'enquit une voix étouffée.

– Kevin.

– Kevin qui ?

– Kevin Einstein, ton frère !

Quelques secondes plus tard, Tina apparut entre deux bouts de carton. Elle était minuscule et des nattes blondes impeccables encadraient son visage. Une tache de graisse barrait sa joue.

– Bonjour Barnes, lança-t-elle distraitement.

– Salut à toi, ô grande entre les grandes ! répondit alors Chris avec un large sourire.

– Comment ça se passe ? demanda Kevin.

– J'ai terminé, proclama Tina.

Elle esquissa un sourire en jetant un œil à la ronde.

– Je vois que le public est au rendez-vous. Tant mieux, il ne sera pas déçu.

Les spectateurs jouaient des coudes

pour s'approcher du stand, se hissaient sur la pointe des pieds, tendaient le cou d'un côté et de l'autre, dans l'espoir d'apercevoir ce qui se trouvait derrière la barricade.

– Que caches-tu là-dedans ? demanda quelqu'un.

– Est-ce vivant ?

– Ou dangereux ?

– Faut-il éloigner les enfants ?

– Reculez-vous tous, je vous prie ! exigea Tina.

D'un geste théâtral, elle tira sur une longue ficelle. Les panneaux de carton s'affaissèrent lentement.

Chacun eut le souffle coupé : c'était un robot !

2
Le Tinatron

– Mesdames et Messieurs ! claironna Tina, voici le Tinatron 1000 !

Chris s'approcha pour mieux voir.

Le torse métallique de l'automate, de la même taille que Tina, était couvert de voyants et de boutons. Ses deux bras fins se terminaient par des gants de caoutchouc. Sa tête rectangulaire était dotée d'une lampe torche et d'un objectif d'appareil photo en guise d'yeux.

Une enceinte de lecteur de CD portatif faisait office de bouche. Deux gros câbles argentés pendaient de la tête du robot. Il avait une espèce de jupe en métal, dont dépassaient des jambes articulées, chaussées de baskets dépareillées.

– Mais…, s'exclama Kevin, en désignant la tête de l'automate. C'est mon appareil photo !

– C'est vrai, acquiesça Tina. Il m'a bien servi.

– Et le haut-parleur de mon lecteur de CD aussi !

– Kevin, s'il te plaît, tu te donnes en spectacle.

– Tu aurais pu me demander la permission ! J'ai passé un temps fou à les chercher !

– Tu devrais t'estimer heureux qu'ils aient contribué à une invention aussi remarquable.

– Mais pourquoi tu prends toujours mes affaires ? insista Kevin.

Tina fit la sourde oreille.

– Où as-tu trouvé les autres pièces ? s'enquit Chris.

– À la décharge, près de la rivière. Elle regorge de matières premières.

Chris s'imagina Tina, tel un pilleur de tombes, en train de fouiller la nuit les débris d'automobiles et les téléviseurs hors d'usage, une lampe torche à la main.

– Est-ce qu'il parle ? demanda un spectateur.

Tina sourit d'un air suffisant et se tourna vers le robot :

– Présente-toi, lui ordonna-t-elle.

– Bonjour, mon nom est Tinatron 1000, créé par Tina Einstein, énonça la machine d'une étrange voix métallique. Je suis un robot ultraperformant, polyvalent, hyperintelligent et de faible entretien. Je suis programmé pour effectuer n'importe quelle tâche sans erreur.

Un murmure d'émerveillement parcourut le public.

– Sa voix ! murmura Kevin à l'oreille de Chris. Elle me rappelle…

– Je sais. On dirait celle de Tina.

– Dérangeant, non ?

– Très.

Chris ne pouvait s'empêcher de penser que le robot ressemblait aussi un peu à Tina. Les deux câbles argentés qui encadraient son visage métallique évoquaient les nattes blondes de la fillette. Et l'automate se tenait de la même façon que sa créatrice, droit et sérieux, les mains croisées devant lui.

– Nous allons procéder à une démonstration des capacités de Tinatron 1000, annonça solennellement Tina.

Sur ses ordres, l'automate se balança sur une de ses jambes métalliques et

ramassa des œufs sans les casser. La fillette lui demanda de multiplier une série de nombres et d'écrire lisiblement le résultat sur un tableau noir. Puis elle invita le public à interroger Tinatron sur tout et n'importe quoi. Le robot répondit à des questions sur l'astrophysique, l'histoire ancienne et la biochimie. Il ne se trompa pas une seule fois.

– Votre attention, s'il vous plaît !

Chris tourna la tête vers la scène, d'où M. Lamarque, le professeur de sciences de l'école, s'adressait à la foule :

– L'heure est venue d'annoncer le nom du gagnant du concours de cette année. Le jury et moi avons trouvé les participants particulièrement doués aujourd'hui, mais l'un d'entre eux s'est nettement distingué.

J'ai donc l'immense plaisir de décerner le premier prix à... Tina Einstein !

– Et moi ? s'étrangla Kevin. Je croyais que nous étions partenaires !

Mais Tina montait déjà l'escalier, accompagnée du robot. M. Lamarque eut l'air surpris de voir Tinatron gravir les marches avec autant d'aisance et tendre la main pour recevoir le trophée. Après une seconde d'hésitation, il le lui remit. L'automate, Tina tout sourire à ses côtés, écarta gentiment M. Lamarque du micro pour prendre la parole :

– C'est un immense honneur, merci infiniment, déclara-t-il.

Le gymnase tout entier applaudit. Les appareils photo crépitèrent.

– C'est écœurant, non ? chuchota Kevin à Chris.

3
Il peut rester

Chris enduisit de colle les bords des deux pièces en plastique, puis les maintint fermement l'une contre l'autre.

Divers modèles réduits d'avions étaient suspendus au plafond de sa chambre : des chasseurs modernes, des biplans anciens, d'énormes 747 et des vaisseaux spatiaux angulaires. Chris était particulièrement fier de sa collection. Il n'était pas de ces maquettistes qui se contentent d'encoller les morceaux et d'appuyer en laissant la colle déborder entre les joints. Il aimait prendre son temps. Il avait appris à être patient.

Tina et Kevin étaient peut-être des génies, mais lui était expert en maquettes.

Il avait étalé sur son bureau les pièces d'un bombardier pour lequel il avait économisé pendant une éternité. C'était le plus grand modèle qu'il ait jamais construit, et le plus difficile.

Soudain on sonna à la porte.

– C'est toujours pareil ! grommela-t-il.

Il ne pouvait pas lâcher les pièces maintenant, sinon elles sécheraient de travers !

La sonnette retentit à nouveau.

Son père travaillait dans son atelier sur les plans de rénovation d'une maison. Sa mère s'était enfermée dans son bureau. Elle y concoctait des équations mathématiques destinées à torturer ses étudiants à l'université.

Chris soupira. Il n'avait pas le choix. Il posa délicatement les pièces et descendit lourdement l'escalier.

C'était Kevin et Tina, qui avaient tous deux l'air gêné. Derrière eux se tenait le robot.

– Je suis occupé, annonça Chris un peu sèchement.

– Bonjour Barnes, répondit Tina. Nous avons un petit souci.

– Ah oui ?

Chris se demanda de quoi il pouvait bien s'agir. Le matin même, Tina avait gagné le premier prix à l'expo science. Tout le monde avait crié au génie. Sa photo s'étalerait sans aucun doute en première page des journaux locaux le lendemain. Elle serait probablement invitée à participer au prochain lancement de navette spatiale. Peut-être même nommée chevalier de la Légion d'honneur avant la fin de l'année scolaire ! Quel pouvait bien être son problème ?

– Maman ne veut pas de l'automate à la maison, expliqua simplement Kevin.

– Pourquoi ? interrogea Chris.

– Elle le trouve repoussant, gémit Tina, en ouvrant de grands yeux.

– Elle le trouve inhumain !

– Elle le trouve malsain !

– Elle le trouve plein de choses, conclut Kevin sur le ton de la confidence, mais je ne les répéterai pas. Elles sont trop méchantes.

– En fait, Barnes, on se demandait…, commença Tina en évitant son regard, si tu pourrais nous rendre un petit service… minuscule…

Elle s'interrompit pour prendre une inspiration.

– Pourrais-tu prendre Tinatron ici, le temps que maman se calme ?

Chris regarda le robot, qui se tenait parfaitement immobile, l'air grave, derrière le frère et la sœur.

– Eh bien, je peux poser la question, hésita-t-il. Mais ça m'étonnerait que mes parents soient emballés. Tina, tu sais ce que maman pense de tes inventions, surtout après l'épisode du super-nettoyeur de tapis !

– Aïe ! répondit Tina en se mordant les lèvres et en fronçant les sourcils, comme si tout cela remontait à très loin. On peut effectivement parler d'un raté, concéda-t-elle.

– Au départ, notre moquette était bleue, fit remarquer Chris.

– Elle est vert et violet maintenant, ajouta Kevin.

– Oui, merci de le rappeler, Kevin. Je n'ai pas oublié, répliqua Tina.

En y réfléchissant bien, Chris n'était pas du tout sûr de vouloir l'automate chez lui non plus. À vrai dire, les inventions de Tina étaient imprévisibles. En fait, certaines avaient été réussies, comme le fantômètre. Mais il leur arrivait aussi de rétrécir inopinément les choses ou de les réduire en miettes. M. et Mme Einstein interdisaient régulièrement l'entrée de leur lieu de travail à leurs enfants à la suite d'expériences malheureuses.

– Quelqu'un a sonné, non ? s'enquit M. Barnes en sortant de son atelier.

– C'est Tina et Kevin. Et leur robot.

Il y eut un bref silence.

– Ah ! répondit M. Barnes. Eh bien, fais-les donc entrer tous les trois.

L'automate était déjà dans le couloir. Il braqua sa lampe torche sur le visage de Chris pendant un instant, pour l'étudier. Celui-ci eut l'impression d'être chez l'oculiste.

– Tina Einstein t'a créé toi aussi ? interrogea-t-il de sa voix métallique.

– Sûrement pas ! s'indigna Chris.

– Il m'a demandé la même chose tout à l'heure, l'informa Kevin. En fait, il pose la question à tout le monde. Même à papa et maman, qui n'ont pas apprécié.

– J'imagine ! s'esclaffa Chris.

– Il se renseigne, tout simplement, intervint Tina. Il a un esprit curieux, il n'est pas comme certains, ajouta-t-elle en regardant Kevin en biais.

Le robot avait détourné son attention de Chris et marchait dans le couloir, comme s'il était dans une galerie d'art. Soudain, il disparut dans le salon.

– Tiens tiens, retentit la voix de M. Barnes. Qu'avons-nous donc là ?

Chris fit entrer Tina et Kevin au salon.

– J'imagine qu'il s'agit de l'une de tes inventions, Tina, remarqua M. Barnes.

– C'est exact, répondit la fillette. Voici Tinatron 1000.

– Ils veulent savoir si Tinatron peut rester ici quelques jours, s'aventura Chris.

Les yeux de son père se posèrent sur la moquette qui avait naguère été bleue.

– Monsieur Barnes, s'empressa de préciser Tina, je vous assure que Tinatron est totalement inoffensif. Il ne posera aucun problème.

Mme Barnes entra dans la pièce à cet instant. Tous les regards se tournèrent vers elle. Chris prit une profonde inspiration. Sa mère observa l'automate quelques secondes. Puis elle jeta un coup d'œil aux frère et sœur, raides comme des piquets, un sourire implorant aux lèvres.

– Jamais de la vie, décida-t-elle.

– Élisabeth, se risqua le père de Chris avec un sourire, c'est un robot orphelin. Fais preuve d'un peu de compassion.

– Je veux qu'il sorte de cette maison, exigea Mme Barnes avec un regard incendiaire, avant qu'il ne fasse tout sauter.

Pour une fois, Chris était du côté de sa mère. Il n'aurait pas su expliquer pourquoi, mais quelque chose chez Tinatron lui déplaisait fortement !

– C'est hors de question ! poursuivit Mme Barnes. J'ai beaucoup de travail avec cette nouvelle série d'équations mathématiques. Je ne veux pas être dérangée par une batterie de neuf volts ambulante !

Tinatron s'était approché de la table basse. Il regardait le livre que Mme Barnes avait apporté.

– Les équations à mille milliards d'inconnues sont particulièrement complexes,

déclara-t-il. Seules les intelligences supérieures sont capables de les résoudre.

Tina sourit, comme une maman fière des premiers mots de son bébé. Mme Barnes en resta bouche bée. Puis son visage s'illumina.

– Il peut rester, annonça-t-elle.

– Qu'est-ce que c'est ? voulut savoir le robot, en montrant l'amas de pièces sur le bureau de Chris.

– C'est un modèle réduit d'avion, expliqua le garçon. Ça s'assemble avec de la colle. Celui-ci va être une réussite, le plus beau que j'aie jamais monté.

– Ces deux morceaux sont tordus, fit remarquer le robot.

– Oui, je sais, répondit Chris, un peu vexé, j'ai dû m'interrompre pour ouvrir la porte d'entrée.

Tinatron, debout au milieu de la chambre, en détaillait chaque élément. Chris était perplexe. Du robot-sitting ! Qu'était-il supposé faire ? Lui parler ? Jouer avec lui ? Il avait du mal à imaginer cette créature lançant un dé et faisant avancer des pions sur un plateau de jeu. C'était un automate très sérieux.

Tina avait eu beaucoup de mal à le quitter. On aurait dit qu'elle s'en séparait pour deux ans, plutôt que pour quelques jours ! Elle avait rappelé trois ou quatre fois à Chris toutes les procédures à suivre, jusqu'à ce que Kevin la pousse gentiment hors de la pièce puis de la maison.

– Tes tiroirs ne sont pas bien fermés, annonça gravement Tinatron.

– Et alors ?

Chris en repoussa quelques-uns.

– La poussière s'accumule sur les étagères.

– Ça, c'est pas nouveau !

– Cette affiche penche légèrement sur la droite.

– Quelle importance ?

– Ce n'est pas parfait.

Chris se contenta de regarder le robot.

– Écoute, tu as eu une rude journée, dit-il enfin. Pourquoi ne pas dormir un peu ?

– Pour quoi faire ? demanda le robot.

– Comme tu veux. Je te branche, alors ?

– Ma batterie n'a pas encore besoin d'être rechargée.

– Bien, rétorqua Chris, j'ai des devoirs à faire pour demain.

– Je vais les faire, proposa immédiatement Tinatron.

– Non, merci, déclina Chris. De toute façon, il faut que j'écrive moi-même, sinon le professeur saura que j'ai triché.

– Je peux imiter n'importe quelle écriture, répliqua le robot. Je suis programmé pour ne jamais me tromper.

Chris observa sa maquette. Si Tinatron faisait ses devoirs, il aurait plus de temps à consacrer à son bombardier. C'était très tentant. Après tout, s'il devait s'occuper du robot quelques jours, autant qu'il en tire un bénéfice ! Et puis, lui aussi pourrait rendre des devoirs sans faute, comme Tina ! Il était impatient de voir sa tête lorsque le professeur annoncerait les notes !

– D'accord, dit-il à l'automate. Je te sors les livres.

Tout bien considéré, peut-être que cette histoire de robot-sitting allait être une bonne expérience !

4
Du génie à l'état pur

– Comment va Tinatron ? interrogea Tina le lendemain à l'école.

– Bien, je suppose, répondit Chris.

Après tout, ce n'était qu'une machine, comme pouvait-il décrire son état de santé ?

– Pas de surchauffe ? s'inquiéta Tina.

– Je ne crois pas.

– Tu l'as bien branché hier soir, comme je te l'avais demandé ?

– Oui, toutes ses lumières se sont mises à clignoter, et un bruit sourd est monté de son torse. C'était très inquiétant.

– C'est la batterie haute tension ! énonça Tina fièrement. N'est-ce pas une belle invention, Barnes ?

La fillette avait pris un air rêveur. Chris fit un clin d'œil à Kevin. Tina se laissait quelquefois emporter par son enthousiasme.

– Saviez-vous, poursuivit-elle, que le mot « robot » vient du tchèque *robota*?

– Je ne saurais même pas écrire correctement « tchèque », fit remarquer Kevin.

– Ah ! s'ils savaient ce que j'ai fait de ce petit mot, soupira Tina. Je lui ai donné vie, en créant la machine parfaite !

– Et comment comptes-tu l'utiliser maintenant ? voulut savoir Chris.

– Ça me semblait évident ! répondit Tina d'un ton impatient. Tu sais que notre entreprise de génies en tous genres est dans une mauvaise passe. Les temps sont durs, Barnes ! Les gens font des économies, même sur le génie ! Mais le Tinatron 1000 est exactement ce dont nous avons besoin pour nous remettre sur les rails. Nous allons devenir riches ! Regarde !

Elle leur tendit le journal local du jour. Une photo d'elle et de l'automate recevant leur trophée s'étalait à la une, suivie d'un long article, intitulé « DU GÉNIE À L'ÉTAT PUR ! »

– Nous ne devrions pas tarder à être submergés d'appels, assura Tina.

– Eh bien, voilà une bonne nouvelle ! répondit Kevin gaiement.

– Et Tinatron n'est qu'une première étape, affirma sa sœur. Avec son aide, je vais construire une armée de robots travailleurs !

– D'*autres* robots ? s'écria Chris. Mais pourquoi ?

– Pourquoi ? répéta Tina, exaspérée. Barnes, ces automates sont cent fois supérieurs aux humains ! Ils sont plus rapides, plus intelligents et n'ont pas de sautes d'humeur ! De plus, ils ne se trompent jamais. Pas une seule fois. Tu ferais bien de te mettre ça dans le crâne : ils vont bientôt remplacer les hommes !

En rentrant de l'école, Chris fut accueilli par des bruits de porcelaine et des voix provenant du salon. Il laissa dans l'entrée ses baskets boueuses avant de pénétrer dans la pièce. Il resta bouche bée devant un étrange spectacle.

Sa mère, confortablement installée dans un fauteuil, une tasse de thé à la main, bavardait avec enthousiasme. Sur le canapé face à elle, Tinatron tenait délicatement une tasse en porcelaine entre deux doigts en caoutchouc.

– Ainsi, vous jugez les formules mathématiques de Tempelhof inutiles ? disait Mme Barnes.

– Oui, confirma l'automate. Mes données sont toujours fiables.

– Remarquable ! Tout simplement remarquable ! Vous devez être incroyablement doué en maths.

– C'est exact, acquiesça le robot.

Mme Barnes et Tinatron étaient tellement absorbés par leur conversation qu'ils ne remarquèrent pas la présence du garçon. Celui-ci observait, médusé, l'automate porter la tasse de thé à son visage métallique, mais la reposer sur la soucoupe sans boire.

– Oh ! bonjour, Chris, lança soudain sa mère avec un grand sourire. Je ne t'avais pas entendu entrer. Tinatron et moi sommes en pleine discussion.

– Je vois ça, rétorqua Chris.

De toute évidence, l'automate et sa mère s'entendaient à merveille. Il suffisait de les regarder siroter du thé et bavarder comme de vieux amis ! Ça ne plaisait pas du tout à Chris, même s'il ne savait pas pourquoi.

– Eh bien, ajouta Mme Barnes à l'attention du robot, pourrions-nous revoir l'équation Orion ?

– Bien sûr, répondit la machine. C'est très simple. Commençons par...

Chris monta l'escalier d'un pas lourd, l'air renfrogné. Il s'arrêta net en arrivant sur le seuil de sa

chambre : il ne la reconnaissait pas. Quelqu'un l'avait rangée.

Il n'avait jamais considéré sa chambre comme particulièrement en pagaille. En fait, il avait vu bien pire chez certains de ses amis. Cependant ce n'était pas un ménage ordinaire. Le lit était si bien fait qu'il aurait pu servir de trampoline. Rien ne traînait par terre : ni vêtements sales, ni bandes dessinées, ni livres. Il entra

prudemment, comme s'il craignait de déclencher un piège quelconque.

Pas un seul grain de poussière sur les étagères. Les affiches étaient toutes droites. Les livres étaient classés par ordre alphabétique. Il ouvrit un tiroir : ses chaussettes, soigneusement pliées, étaient rangées par couleur. C'était terrifiant.

Mais ce qui acheva Chris, ce fut sa maquette, celle sur laquelle il travaillait depuis des semaines.

Le bombardier trônait au milieu du bureau, complètement terminé, jusqu'aux décalcomanies sur les ailes.

– Tinatron !

Il dévala l'escalier et fit irruption dans le salon.

– Tu as assemblé mon modèle réduit ! accusa-t-il.

– Chris, que se passe-t-il donc ? voulut savoir Mme Barnes.

– Cette chose a fini ma maquette !

– Elle était incomplète, déclara l'automate de sa voix métallique. Je l'ai terminée à ta place.

– Mais je voulais la finir moi-même ! protesta Chris. C'est ça, le but ! C'est ça qui m'amuse !

– M'amuse ? interrogea la machine. Ce mot m'est inconnu. Merci de m'en donner une définition.

– Tinatron voulait simplement t'aider, intervint Mme Barnes avec un froncement de sourcils.

– Il a aussi rangé ma chambre ! s'indigna Chris.

– J'ai vu. Elle est méconnaissable.

– Elle est parfaite maintenant, répliqua l'automate.

– Mais je ne vais plus m'y retrouver ! gémit Chris. En plus, il va me falloir un pied-de-biche pour me mettre au lit !

Mme Barnes n'avait pas l'air très concernée par tout ça.

– Tu sais, Chris, certaines personnes à l'Université ont très envie de rencontrer Tinatron. Tu crois que ton amie Tina serait d'accord ?

– Je suis sûr qu'elle serait ravie, grommela Chris.

Sa mère n'avait jamais l'air très intéressée par ce qu'*il* faisait. La plupart du temps, elle jetait seulement un coup d'œil distrait à ses maquettes. Mais il suffisait d'introduire un automate dans la maison et la voilà qui prenait le thé, conversait et faisait des compliments à qui mieux mieux ! C'était écœurant !

– Maman, pourquoi as-tu fait du thé ? C'est un robot !

Sa mère réfléchit un instant :

– J'ai voulu être... polie, voilà.

Chris pivota sur ses talons et quitta brusquement la pièce.

5
La perfection faite machine

Chris ne pouvait détacher ses yeux de la maquette. Il ne l'avait pas suspendue avec les autres. Il n'en tirait aucune satisfaction, malgré sa perfection, puisqu'il ne l'avait pas assemblée lui-même.

La réalisation de modèles réduits avait toujours été l'un de ses points forts, et voilà que maintenant un robot s'en tirait cent fois mieux que lui ! Peut-être que

Tina avait raison, les machines allaient bientôt remplacer les humains…

Il soupira. Cela faisait maintenant cinq jours qu'il s'occupait de l'automate. Tous les soirs, il rentrait dans sa chambre parfaite et chaque matin il partait pour l'école avec ses devoirs parfaits sous le bras. Tinatron faisait tout maintenant, sans même demander. Ses notes n'avaient jamais été aussi bonnes, mais c'était comme avec son bombardier, ça ne lui faisait pas particulièrement plaisir. Il avait pensé qu'il se réjouirait en voyant la tête de Tina lorsque le professeur rendrait les copies en classe. Cependant elle avait juste esquissé un sourire, avec un air entendu. C'était simplement un triomphe de plus de son invention !

On sonna et Chris descendit ouvrir. Kevin se tenait sur le perron, l'air sombre.

– Entre, l'invita Chris. Où est Tina ?

– Oh, dans l'atelier ! Elle dessine les plans de nouveaux automates. Je ne la vois presque plus. Elle monte manger de temps en temps, nous regarde, maman, papa et moi, secoue la tête tristement, puis redescend.

– Au moins tu ne l'entends plus clamer qu'elle est géniale, répliqua Chris.

– Tu dois avoir raison. Pourtant, tu sais, le fait est qu'elle me manque. Elle ne me répète même plus que j'ai une cervelle de moineau ! Même ça, ça serait mieux que son silence !

– Eh bien, si ça peut te consoler, ma mère est sous le charme de Tinatron.

– C'est vrai ?

– Oui. Ils passent des heures à discuter. En ce moment, ils sont dans son bureau et travaillent sur de nouvelles équations mathématiques. Maman est surexcitée, elle dit qu'elles vont être parfaites !

– C'est sûr, confirma Kevin.

Soudain, toutes les lumières du salon se mirent à clignoter.

– Ça, c'est Tinatron, annonça Chris. Papa prétend qu'il va gonfler les notes d'électricité.

– Tu sais ce qui est gonflé ? enchaîna Kevin maladroitement. Regarde, c'est la raison de ma venue.

Il tira de sa poche une carte de visite froissée :

Tina Einstein et Associés
Génies en tous genres
Capables d'absolument tout !
Prix raisonnables

– Elle a enlevé ton nom ! s'écria Chris.

Ce dernier hocha la tête.

– Et je ne pense pas non plus être l'un des associés.

– Mais elle ne peut pas faire ça ! s'emporta Chris. C'est injuste !

– J'ai été remplacé, Barnes, par des robots !

À ce moment-là M. Barnes entra, une énorme pile de plans dans les bras.

– Vous n'avez pas l'air en forme tous les deux. Que se passe-t-il ?

– Ras-le-bol des robots, grommela Kevin.

– Je sais de quoi tu parles, soupira M. Barnes en se laissant tomber sur le canapé entre les deux garçons. Regardez ça.

Il étala ses plans sur la table. Ils étaient couverts de ratures rouges.

– Tinatron, annonça Chris simplement.

– Qui d'autre ? répliqua M. Barnes. Ça fait des mois que je travaille sur ce projet et tout d'un coup je me retrouve avec des corrections partout. Et le plus rageant, c'est que cet automate a tout à fait raison.

– Peut-être devrions-nous finir par l'admettre, soupira Kevin, Tinatron est plus doué que nous.

– Je pense que c'est un peu exagéré, objecta M. Barnes. Les machines peuvent effectivement être plus rapides et efficaces que nous, mais nous sommes meilleurs qu'elles dans de nombreux domaines.

Tous trois restèrent silencieux quelques instants.

– Je ne vois pas lesquels, avoua Chris. Et toi, Kevin ?

– Pas plus, dit ce dernier en secouant la tête.

– Eh bien, ajouta M. Barnes, je suis sûr que si vous réfléchissez un peu, vous en trouverez.

– Ça ne change rien au fait que mon nom n'est plus sur la carte de visite, conclut Kevin, le cœur serré.

Toutes les lumières du salon se mirent à clignoter de nouveau. Mais cette fois-ci, on entendit un grand craquement à l'étage. Puis la maison tout entière fut plongée dans l'obscurité.

6
Panne de fusibles

– Que se passe-t-il ? demanda Chris en se précipitant dans le bureau de sa mère.

– Tout va bien, Élisabeth ? s'enquit M. Barnes.

– Ça va, ça va, répondit celle-ci sur un ton impatient. C'est Tinatron.

De la fumée s'échappait du robot, qui était affalé contre le mur.

– Il avait besoin d'énergie pour résoudre l'équation, expliqua la mère de Chris, essoufflée. Alors, je l'ai branché. Il a commencé à ronfler de plus en plus. Et soudain il s'est mis à cracher des étincelles !

– On dirait un cas de surcharge électrique, constata Chris.

– Bien fait pour lui ! rétorqua Kevin. Crâneur !

– Quel dommage ! soupira M. Barnes.

– Pourquoi vous moquez-vous ? gémit

Mme Barnes. Nous étions sur le point de faire une avancée mathématique.

Chris jubilait intérieurement. Cependant, il savait que ce serait moins drôle si le robot était véritablement endommagé et si Tina s'en rendait compte. Il s'approcha de Tinatron, pressa un interrupteur sur sa tête, comme le lui avait montré son amie. À son grand soulagement, la lampe torche de l'automate s'alluma.

– Tu crois qu'il va bien ? interrogea nerveusement Mme Barnes.

– Je suis Tinatron 1000, énonça le robot. Je suis la perfection faite machine.

– Il semblerait que oui, répondit Chris avec un sourire moqueur.

– Posez-moi n'importe quelle question. Je suis programmé pour répondre sans faire d'erreurs.

– On verra plus tard, lança Chris.

Il regrettait déjà de l'avoir rallumé.

– Vous pouvez poser des questions aussi difficiles que vous voulez.

– Deux et deux, interrogea Chris, agacé, en espérant le faire taire.

– Cinq, fut la réponse instantanée.

Chris regarda Kevin en fronçant les sourcils. S'agissait-il d'une plaisanterie ? Mais les machines n'avaient aucun sens de l'humour, en tout cas pas Tinatron. Il l'avait prouvé depuis le début.

– Tu en es sûr, Tinatron ? voulut savoir Chris.

– Oui.

– Je crois que nous avons un problème, annonça Chris.

– Il n'a pas dû bien entendre, hasarda Kevin. Tinatron, combien font six fois six ?

– Quarante.

– Oh, non ! se désespéra Mme Barnes.

– La réponse est trente-six, répliqua Kevin.

– Essayons autre chose, suggéra Chris. Tinatron, de quelle couleur est le pull de Kevin ?

– Trente-six ? s'aventura le robot, plein d'espoir.

Quelques étincelles s'échappèrent de sa carcasse métallique. Il regarda les papiers étalés sur le bureau de Mme Barnes.

– Qu'est-ce que c'est ? interrogea-t-il.

– L'équation sur laquelle nous étions en train de travailler ! s'écria Mme Barnes.

Tinatron ramassa l'une des feuilles et l'étudia attentivement.

– Je sais quoi faire avec ça, déclara-t-il.

– Ah oui ? s'écria Mme Barnes.

Tout le monde retint son souffle en attendant de voir ce que le robot allait dire. Celui-ci se concentra, plia le papier une fois, puis une deuxième fois. Il poursuivit encore, jusqu'à tenir dans ses mains en caoutchouc un avion qu'il fit voler à travers la pièce.

« Il a pété un plomb », pensa Chris.

– C'est un véritable désastre ! gémit sa mère. Appelons Tina tout de suite !

– Je ne suis pas sûr que ce soit une bonne idée, s'empressa de répondre Kevin.

– Il a peut-être besoin de temps pour se remettre, suggéra Chris.

Tinatron s'engagea dans le couloir.

– Gardez un œil sur lui pendant que je change les fusibles, dit M. Barnes.

L'automate était entré dans la chambre de Chris, où il prenait les livres sur les étagères, les regardait, puis les jetait à terre.

– Voilà un joli modèle réduit, remarqua Tinatron. C'est toi qui l'as construit, Barnes ?

– Non, c'est toi.

Tinatron attrapa le bombardier, le retourna entre ses mains. Une des ailes se cassa.

– Saperlipopette ! gémit Tinatron.

Chris n'avait jamais entendu une machine dire : « Saperlipopette ! » Il éclata de rire. Kevin aussi. Tinatron fit entendre à son tour un son plutôt étrange, métallique et sourd, mais c'était bien un rire.

À ce moment, Tina entra dans la pièce. Elle s'arrêta net, regarda tour à tour Chris, Kevin, puis le robot.

– Que lui avez-vous fait ? s'emporta-t-elle.

– Eh bien, dit Kevin d'une voix faible, il semblerait que…

– Tinatron a subi un mauvais choc, enchaîna Chris. Il s'est surmené en résolvant un problème de maths avec ma mère.

– Impossible ! rétorqua Tina. Il est programmé pour ne pas se surcharger. Il ne commettrait jamais ce genre d'erreur.

Chris haussa les épaules :

– C'est pourtant bien arrivé.

– As-tu un problème, Tinatron ? interrogea Tina.

– Pose-moi une question. Je donnerai la mauvaise réponse.

Chris ne put s'empêcher de sourire. Mais Tina avait un air grave. Elle ouvrit une petite trappe dans la tête du robot et regarda à l'intérieur.

– C'est terrible, gémit-elle. Je ne comprends pas ce qui a pu se produire.

Elle ferma la trappe et fixa le robot, furieuse :

– Tu t'es trompé, accusa-t-elle.

– Je me suis trompé, répéta-t-il.

Tina soupira et se tourna vers Chris :

– Je dois le rafistoler. Je n'ai pas les outils qu'il faut avec moi, alors je reviendrai demain matin. Je vais à l'atelier tout préparer.

Sur ce, elle quitta la pièce.

– Je me suis trompé, martelait Tinatron. Je ne suis plus parfait.

Pour la première fois, Chris eut presque de la peine pour le robot. Certes, il ne l'avait jamais aimé, mais celui-ci n'y pouvait rien s'il était aussi insupportable. Tinatron n'éprouvait pas de sentiments. Ce n'était qu'une machine. Il faisait simplement ce pour quoi il était programmé. Et Tina l'avait programmé pour être parfait.

Soudain, Chris se rendit compte qu'elle n'était pas la seule responsable.

Sa mère voulait l'équation mathématique parfaite !

Son père voulait des rénovations immobilières parfaites !

Et lui, il voulait des devoirs et des modèles réduits parfaits !

Ça n'était pas vraiment surprenant que Tinatron ait fini par péter les plombs ! Il essayait simplement de faire plaisir à tout le monde !

D'ailleurs, qu'y avait-il de mal à faire quelques erreurs ? se demanda Chris. Ce n'était pas la fin du monde s'il n'avait pas 20/20 à ses devoirs ou si ses maquettes avaient quelques pièces de travers ! Il faisait de son mieux et c'était tout ce qui importait en fin de compte.

On ne pouvait pas être parfait en permanence.

Mais Tina en était-elle consciente ?

7
Panique à bord

– Parti ? s'étonna Tina.

– Oui, confirma Chris. Lorsque je me suis levé ce matin, le robot avait disparu. Il a dû s'éclipser pendant la nuit.

– Parti ? répétait Tina, incrédule.

– Ça va lui passer, murmura Kevin à l'oreille de Chris. Elle est juste sous le choc.

– Juste sous le choc ! hurla Tina. Mon automate s'est enfui, Kevin. Comment veux-tu que je réagisse ? Il devait être dans un état pire que je le pensais ! Dieu sait où il se trouve à l'heure qu'il est !

– Peut-être qu'il est parti vers le Sud, hasarda Chris. Toute cette humidité n'est sûrement pas bonne pour ses articulations.

Tina lui jeta un regard furibond :

– Ça n'est pas drôle du tout, Barnes. En fait, cette affaire est d'une extrême gravité. Il a pu arriver n'importe quoi. Il a sans doute été enlevé par les scientifiques d'une université qui cherchent à voler mes secrets. Oui, c'est probablement ça ! Ils ont lu mes exploits dans les journaux et ils veulent le robot !

Chris ouvrit de grands yeux.

– Nous devons absolument le retrouver, conclut Tina.

– Nous ? interrogea Chris, en faisant un clin d'œil à Kevin. N'oublie pas, Tina, que nous ne sommes pas vraiment des génies.

– Mon nom n'est même plus sur la carte de visite, fit remarquer Kevin.

Tina rougit :

– Vous n'étiez pas censés le voir, maugréa-t-elle. C'est juste une idée qui m'a traversé l'esprit.

– Tu n'as plus besoin de nous, en tout cas, répliqua Chris. À quoi pourrions-nous te servir ? Nous ne sommes que des êtres humains.

– Tu sais, en fait j'aime bien faire partie du commun des mortels, déclara Kevin en s'étirant sur le canapé. Je peux me détendre et profiter des bonnes choses de la vie.

– Ne sois pas ridicule ! l'interrompit Tina. On dirait une pub débile ! Nous devons retrouver Tinatron !

Chris et Kevin se contentèrent de sourire.

– Comme vous voudrez, rétorqua la fillette en haussant les épaules. De toute façon, je n'ai pas besoin de votre aide. D'ailleurs, je n'en ai jamais besoin. Je me débrouille toujours seule. Il me faut juste un bon plan…

Sa voix se brisa. Elle se tenait au milieu de la pièce, les yeux rivés au mur.

– Je vais bien avoir une idée… un plan ingénieux…

– Je crois qu'elle panique, chuchota Chris à Kevin.

– Non, l'assura Kevin, c'est un génie. Elle va bien finir par imaginer quelque chose.

– Je ne l'ai jamais vue dans cet état, quand même, remarqua Chris.

– D'accord ! s'écria Tina en se tordant les mains. Je panique. J'ai besoin de vous.

– Et en ce qui concerne les cartes de visite ? interrogea Kevin.

– Je vais les réduire en miettes ! promit Tina.

– Qu'en penses-tu ? Chris se tourna vers Kevin. Ça te paraît correct ?

– Eh bien… ça marche ! affirma Kevin en sautant sur ses pieds. Allons-y en vitesse !

8
La chasse au robot

Kevin confectionna une affiche. Il dessina l'automate et inscrivit au-dessus en grosses lettres : « AVEZ-VOUS VU CE ROBOT ? »

– C'est excellent ! admira Chris. Je ne savais pas que tu dessinais aussi bien. C'est Tinatron tout craché !

– Merci, répondit Kevin, un peu gêné.

– Tu as oublié un écrou sur le côté de sa tête, fit remarquer Tina.

AVEZ-VOUS VU CE ROBOT ?
NOUS CONTACTER AU 04 77 25 24 1

– Oh ! Arrête de chipoter, intervint Chris. Ce dessin est très ressemblant. Qui se soucie d'un écrou ou deux ?

– On y va alors ? demanda Tina sèchement.

Après avoir photocopié l'affiche à la bibliothèque, ils la collèrent sur les vitrines des magasins et sur les cabines téléphoniques. Puis ils passèrent le reste de la journée à ratisser le quartier à la recherche d'indices et à montrer l'avis de recherche aux passants.

– Je l'ai vu se diriger vers l'est, déclara le livreur de journaux.

– Il allait vers l'ouest, affirma le facteur.

– Je l'ai vu parler à une antenne.

– Il a bousculé ma tondeuse.

– Il parlait tout seul, dit un garçon à bicyclette. Il répétait : « J'ai fait une erreur. »

Mais jamais les trois amis n'aperçurent eux-mêmes Tinatron.

– Je suis épuisé, gémit Chris en se laissant tomber sur le canapé.

– Je crois bien que mes semelles sont trouées, ajouta Kevin.

– Je ne comprends pas comment le robot a pu se tromper ! se lamentait Tina.

– Tu devrais savoir, tenta de la rassurer Chris, que les machines finissent toujours par tomber en panne.

– Je ferai mieux la prochaine fois, se jura Tina. Je sais que je peux y arriver !

– Est-ce vraiment si important ? voulut savoir Chris.

– Écoute bien, conseilla Tina. Si nous ne trouvons pas l'automate, c'en est fini de notre entreprise de génies ! Tinatron et les autres devaient nous attirer de nombreux clients. Je ne sais pas ce que nous allons faire sans eux !

– Il existe sûrement d'autres façons de trouver des clients, hasarda Chris.

Le téléphone sonna, et Tina courut décrocher.

– Allô! Oui, c'est exact. Bien, merci beaucoup. Je vais transmettre à mon frère.

Chris haussa les sourcils en regardant Kevin. À qui diable parlait-elle ?

– Vous êtes sûr ? Où ça ? Quand ?

Elle attrapa un bloc-notes et griffonna quelque chose dessus.

– Merci infiniment.

Tina reposa le combiné précipitamment.

– De quoi s'agit-il ? s'enquit Chris.

– Que devais-tu me dire ? interrogea Kevin.

– Aucune importance pour l'instant, rétorqua Tina. Nous devons faire vite. Quelqu'un a vu Tinatron. Sa batterie a dû se vider. Il est à la décharge !

9
Écrabouillé

Des tonnes de débris s'entassaient autour de Chris.

– Nous n'allons jamais trouver Tinatron là-dedans, fit-il remarquer, essoufflé par leur longue course.

– Bien sûr que si, affirma Tina sur un ton déterminé.

Au loin, une gigantesque pince descendit d'une grue et attrapa des pièces métalliques. Elle les souleva très haut, puis les déposa dans une machine dotée d'une mâchoire géante, qui se referma dans un vacarme assourdissant. Chris frissonna.

– Là-bas ! s'exclama Kevin en désignant l'un des tas.

Chris plissa les yeux. Tinatron, tout replié sur lui-même, ne ressemblait plus guère à un automate. Et surtout pas à la perfection faite machine. Il se confondait presque totalement avec les autres rebuts.

– Merci mon Dieu ! soupira Tina.

Mais à peine avait-elle prononcé ces mots que l'énorme pince se mit à descendre vers l'automate.

– Non ! hurla Tina, les yeux exorbités. Mon robot !

Avant que Chris puisse l'arrêter, Kevin se lança à l'assaut d'un monticule pour rejoindre Tinatron.

– Je vais le chercher !

– Kevin ! appela Tina en lui courant après. Ne fais pas ça !

– Arrête ! cria à son tour Chris.

Il sentait la montagne de métal rouillé s'effondrer sous ses pieds à mesure qu'il grimpait,

Tina à ses côtés. Kevin avait agrippé l'automate, mais celui-ci était trop lourd pour qu'il parvienne à le soulever.

Chris vit la mâchoire s'ouvrir. Mais Kevin s'accrochait encore désespérément à Tinatron. Chris finit par saisir un bras de son ami.

– Lâche-le !

La grue s'approcha encore, jetant une ombre menaçante sur les enfants.

– Laisse tomber, Kevin ! hurla Tina, qui avait réussi à agripper l'autre bras de son frère. Je t'en prie !

Kevin desserra enfin son étreinte et tous trois dévalèrent la pente. La pince gigantesque s'abattit sur le robot, le souleva et le jeta dans le pilon à métal…

– Kevin, pourquoi as-tu fait ça ? s'emporta Chris.

– Il me faisait de la peine, expliqua Kevin. Toutes ces erreurs… je sais ce qu'il ressentait.

– Il n'a pas de sentiments ! C'est juste une machine !

– Je suis désolé de ne pas être arrivé à temps, dit Kevin en se tournant vers sa sœur.

– Kevin ! s'énerva Tina, ne refais plus jamais une chose aussi stupide !

– Mais c'était important pour toi !

– Pas autant que toi ! s'emporta-t-elle.

Elle s'interrompit soudain, confuse, avant de répéter :

– Vraiment pas aussi important que toi !

– J'aurais pourtant juré le contraire ! rétorqua Kevin.

– Pardonne-moi, demanda Tina. Mais j'ai tellement travaillé sur ce robot.

– Tu sais, je veux bien collaborer avec une ou deux machines, tant que je ne suis pas complètement remplacé.

– Il n'y aura plus jamais d'automates, annonça fermement Tina. Nous n'en avons pas besoin, de toute façon. Tu te

souviens de l'homme qui a appelé à propos de Tinatron ? Eh bien, il a vu l'affiche que tu as dessinée et elle lui a tellement plu qu'il veut nous embaucher !

– C'est vrai ? s'enquit Kevin.

– Alors l'entreprise des génies va continuer ! explosa Chris.

– Et sans machines ! précisa Kevin.

Tina hocha la tête.

– C'était une idée ridicule. Vraiment très ridicule.

– Ne t'en fais pas, dit Kevin en lui passant le bras autour de l'épaule. Tu sais, personne n'est parfait. Même pas toi !

Et voici une nouvelle aventure
de Tina, Kevin et Chris
dans

Les Petits Génies et le magicien invisible

1
Allergique aux livres

Chris Barnes regarda sa montre.

Tina et Kevin étaient en retard. Cela ne leur arrivait presque jamais, surtout quand ils venaient à la bibliothèque.

Chris aimait la vieille bibliothèque. Il aimait la salle de lecture vaste et claire avec ses grandes fenêtres cintrées et ses parquets vernis.

Il en aimait aussi les bruits : le froissement doux du papier, les murmures des

lecteurs et les ronflements de Mlle Hibbins derrière son bureau.

– Mademoiselle Hibbins…, chuchota Chris en lui effleurant le bras.

– Oh ! Bonjour ! dit-elle en se redressant brusquement. Je m'étais endormie ?

Chris hocha la tête.

– Je fais de mon mieux pour résister, Chris, je t'assure. Malheureusement, cet endroit est si ennuyeux…

– Vous êtes la bibliothécaire, mademoiselle Hibbins…, lui rappela Chris.

– Je sais, je n'ai pas le choix. Mais, toi, qu'est-ce qui t'amène ici ?

– J'attends Tina et Kevin.

– Tu vas être en bonne compagnie, je dois le reconnaître. Je croyais pourtant qu'ils ne parlaient qu'aux génies. Es-tu un génie, Chris ?

– Eh bien, ils veulent bien de moi, répondit le garçon, gêné. Mais je ne pense pas être un vrai génie.

– C'est que les génies sont plutôt rares, le réconforta Mlle Hibbins. Une fois, Tina a réparé ma télévision, tu sais. Ça m'a coûté les yeux de la tête, mais je n'ai plus de problèmes depuis. Cette gamine est une vraie éponge, elle retient tout ce qu'elle apprend.

– Elle est très intelligente, reconnut Chris, un peu envieux.

Ce n'était pas facile d'avoir des génies

pour amis. Tina et Kevin Einstein passaient leur temps à mettre au point des inventions incroyables, des gadgets étonnants qui bipaient, bourdonnaient, crachaient de la fumée et des étincelles. Tina effectuait les multiplications plus vite qu'une calcu-

latrice ; elle était capable de deviner le nombre exact de caramels durs que contenait un grand bocal de verre rien qu'en le regardant. Elle comprenait même les notices d'instructions des meubles à monter soi-même. Aucun doute, elle était un génie.

À cet instant, les portes de la bibliothèque s'ouvrirent à toute volée, et Tina Einstein entra à grands pas.

Elle était très menue, et ses deux nattes blondes raides tombaient impeccablement de chaque côté de sa tête. Dans sa main, elle tenait un livre de poche. Elle était suivie de Kevin, qui

titubait sous le poids d'une pile d'ouvrages si haute qu'il voyait à peine où il mettait les pieds. Seules quelques mèches de ses boucles rousses étaient visibles au-dessus du tas de livres. Plusieurs autres volumes étaient coincés sous ses bras. Il suivit sa sœur aînée en chancelant jusqu'à la salle de lecture.

– Euh... Tina..., commença-t-il.

– On y est presque, Kevin, l'interrompit la fillette.

Kevin fit un pas incertain vers la droite, un autre vers la gauche, son chargement oscillant dangereusement d'un côté et de l'autre.

– Je crois que je vais...

Trop tard ! Kevin éternua violemment, et l'énorme pile de livres s'écrasa au sol.

– Oh ! Joli travail, Kevin ! s'emporta Tina.

– Je te l'ai dit, je suis allergique aux livres ! s'exclama le garçon.

EXTRAIT

Découvre vite la suite de cette histoire dans

Les Petits Génies et le magicien invisible

N° 808 de la collection

100% AVENTURE !

Tu as aimé ce livre ?
Alors lis vite les autres histoires
de la collection 100 % AVENTURE !

802. *La chasse au jaguar*
d'Yves-Marie Clément
803. *Le mystère de Greenwood*
de Malika Ferdjoukh
804. *Qui se cache derrière la reine noire ?*
de Michael Morpurgo
805. *Gary disparaît...*
d'Hazel Townson
812. *Le fantôme du capitaine Harrible*
de Penny Dolan

LA SÉRIE « BELLO BOND »
de Thomas Brezina
801. *Qui veut la peau de Bello Bond ?*
807. *Bello Bond à la poursuite des voleurs*
810. *Bello Bond et la cage vide*

LA SÉRIE « LES PETITS GÉNIES »
de Kenneth Oppel
806. *Les petits génies contre les fantômes*
808. *Les petits génies et le magicien invisible*
811. *Les petits génies contre le robot*

LA SÉRIE « ZAC ET JENNY »
de Laura E. Williams
809. *Zac et Jenny et le mystère du phare*